RAPPORT

DE

M. THÉODORE MENNÉ

INSPECTEUR DES DOMAINES

DE LA

Transwaal Consolidated Land & Exploration Company, Limited

PRÉSENTÉ A LA PREMIÈRE ASSEMBLÉE GÉNÉRALE ANNUELLE

Tenue le 19 Mars 1894

TRADUCTION

PARIS

IMPRIMERIE Vᵉ ÉTHIOU PÉROU

RUE DE DAMIETTE, 2 ET 4

—

1894

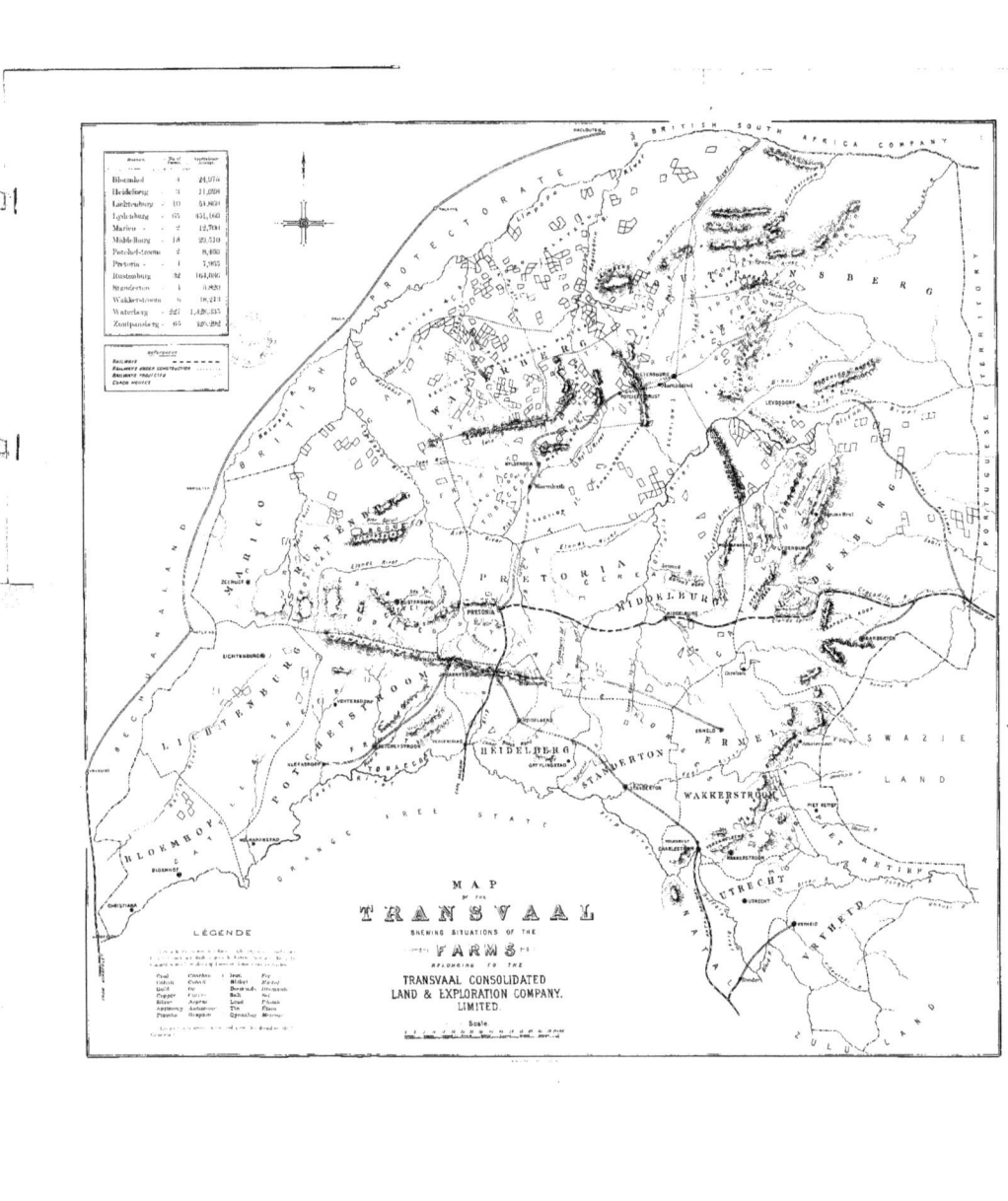

MAP
OF THE
TRANSVAAL
SHEWING SITUATIONS OF THE
FARMS
BELONGING TO THE
TRANSVAAL CONSOLIDATED
LAND & EXPLORATION COMPANY.
LIMITED.

Scale.

Transwaal Consolidated Land & Exploration Company, Limited

———·*·———

RAPPORT

DE

L'INSPECTEUR DES DOMAINES

———⤜•⤛———

*Au Président et aux Administrateurs
de la Transwaal Consolidated Land and Exploration
Company, Limited.*

MESSIEURS,

J'ai l'honneur de vous soumettre un résumé de mes rapports précédents, sur la nature et les ressources des divers districts de la République Sud Africaine dans lesquels sont situées les propriétés de la Compagnie.

Mes renseignements proviennent principalement d'observations personnelles faites au cours de mes inspections dans les divers districts, mais aussi, en partie, des comptes rendus de personnes expérimentées et compétentes que je connais personnellement.

Voici un exposé de mes inspections dans les différentes parties du pays depuis ma nomination comme Inspecteur.

Le 22 Octobre 1891, je me suis rendu aux domaines situés dans le centre des districts de Waterberg et Zoutpansberg et je suis revenu le 19 Décembre.

Du 6 Janvier au 2 Février, j'ai inspecté les districts de Rustenburg Marico, Lichtenburg et les parties septentrionales de Potchefstroom.

Le 18 Février, j'ai traversé le centre de Middelburg et de Lydenburg et je suis revenu par la partie nord de Middelburg, le 2 Avril.

Le 8 Avril, j'ai accompagné la Commission d'inspection à Blaauwberg et dans le pays qui s'étend entre les rivières Magalaquin, Limpopo et Brak, dans le district de Zoutpansberg, et je suis revenu à Prétoria, le 28 Août 1892.

Du 1er au 10 Septembre, j'étais sur les propriétés de la Compagnie près de Nylstroom et immédiatement après, j'ai inspecté les domaines situés au Nord de Prétoria.

Le 16 Octobre je suis allé dans la région Sud-Est du district de Prétoria; j'ai passé par les parties Sud de Middelburg et de Lydenburg et ensuite par les districts d'Ermelo, Piet Retief, Utrecht, Wakkerstroom, Sanderton et Heidelberg, et je suis revenu le 6 Mars 1893.

Le 26 Juin, j'ai visité la partie Nord-Est de Prétoria et de Middelburg et je suis allé rejoindre la Commission spéciale d'inspection dans le Bas-Pays, dans le district de Lydenburg, après quoi, j'ai traversé le district de Zoutpansberg, ycompris les divisions de Olifants River, Houtboschberg, Spelonken, Klein et Middle Letaba, puis j'ai passé par le Springbok Vlakte, dans le district de Waterberg et j'ai atteint Prétoria, le 12 Novembre dernier.

Les buts principaux de ces inspections ont été ·

(*a*) De déterminer la situation des domaines;

(*b*) De constater leur nature et leur valeur;

(*c*) De prendre part aux réinspections du Gouvernement et d'assurer les droits et titres de la Compagnie;

(*d*) D'organiser la location des domaines et la perception des revenus.

Les questions de location, des revenus et de la nature des titres de propriétés ne rentrent pas dans le cadre de ce Rapport, mais avant de traiter de la situation des domaines et de la nature du pays, il serait peut-être utile d'expliquer brièvement la procédure et la signification de l'Inspection, de la Réinspection et de la Levée des plans des domaines.

Des Commissions nommées par le Gouvernement ont, à l'origine, divisé certaines parties du pays en domaines (ou fermes). La Commission, ou les Commissions qui ont opéré en 1867 et postérieurement ont, ou auraient dû délimiter ces domaines au moyen de bornes. Cela était l'Inspection.

Plus tard, il devint nécessaire de faire réinspecter les domaines par des hommes compétents et d'après un système sérieux. De nouvelles Commissions furent nommées, dont, au moins, un des membres devait être un géomètre breveté du Gouvernement. Ces Commissions inspectent les domaines, placent les bornes et fournissent un plan de chaque domaine avec le Rapport de l'Inspection. Lorsque le Rapport est approuvé par le Gouvernement il est considéré légalement comme un titre. Ce que l'on appelle la Levée des plans n'est effectué que lors des opérations du Cadastre général du pays et n'affecte pas les limites des domaines.

WATERBERG

Le district de Waterberg a pour limites : la rivière de Lim-popo (limite Sud du territoire de la British-South-Africa Com-pany), au Nord ; Zoutpansberg à l'Est ; Prétoria, au Sud, et Rustenburg, à l'Ouest. Sa superficie est d'environ 14,500 milles carrés et il présente de grandes variétés de terrain, de climat, d'altitude, etc.

Dans certaines partie l'eau est en abondance, dans d'autres en très petite quantité ; mais dans ces dernières il pourrait être remédié à l'absence de cours d'eau par la conservation de l'eau à la surface, la nature du pays étant favorable à cela, et aussi par l'emploi des eaux souterraines qui, il y a toutes raisons de le croire, existent à peu de profondeur dans une grande partie du territoire. Les pluies sont modérées de Septembre à Décem-bre et très considérables de Décembre à Mars. Les mois d'Avril à Septembre forment la saison sèche pendant laquelle l'irri-gation est nécessaire.

La région orientale n'est aucunement développée et elle est très peu peuplée ; elle contient des étendues de terrain qui produiraient des fruits tropicaux et semi-tropicaux, toutes sortes de céréales et de légumes et qui pourraient être avanta-geusement occupées par des familles ayant peu de fortune. Des personnes ayant de petites ressources et quelques connaissances agricoles, et étant disposées à travailler, trouveraient dans le Waterberg toutes les chances de succès que le climat et le sol peuvent offrir. Dans les bonnes régions, et il y en a beaucoup,

la puissance de production du sol est telle, qu'un homme modérément industrieux atteindrait en très peu de temps l'aisance
et le confort.

Les récoltes d'été telles que les mealies (farineux), le kafircorn, le millet, de même que toutes espèces de fruits et de
légumes et le tabac peuvent être obtenus sans irrigation; mais
l'eau est absolument nécessaire pour les récoltes d'hiver comme
le blé, l'avoine, l'orge, etc. Le raisin, les oranges, les citrons,
les pêches, les brugnons et les bananes sont parmi les fruits
que ce district produit.

Le café a donné d'excellents résultats partout où on l'a
essayé.

Les moyens rapides et peu coûteux de transport — dont
le besoin se fait sentir non seulement dans le Waterberg, mais
dans tout le pays — seront sans doute établis dans un avenir
prochain par suite de la construction de chemins de fer traversant ce district; en effet, l'attention du Gouvernement est
actuellement sérieusement engagée dans l'étude d'un projet,
et un tracé est étudié pour une ligne venant de Prétoria à
travers le Waterberg et le Pietersburg.

Le Waterberg produit de bonne herbe et la plus grande partie de son territoire a été et est encore employée en pâturages.
Dans le pays de Brousse (Bush Country), la végétation est si
continue, les pâturages sont si bons, le climat est si doux, que
pendant la saison d'hiver, les fermiers, même ceux qui résident
à de grandes distances, se transportent avec leurs troupeaux
dans ces régions plus propices.

Le bétail élevé sur les hauts plateaux peut, au début, contracter une espèce de fièvre, mais une fois acclimaté, il vient bien dans tout le district, et dans les régions plus hautes il vient toujours bien.

Dans les parties basses, ou la Brousse, la maladie règne parmi les chevaux pendant les mois de Décembre à Avril, et commence même parfois dès Septembre pour durer jusqu'en Mai. Les ânes cependant ne prennent pas la maladie, et les demandes de ces animaux augmentent. Ils sont actuellement amenés de l'extérieur, mais il n'y a pas de raison pour que l'élevage des ânes ne devienne pas une industrie rémunératrice, d'autant plus qu'en outre de cette immunité de la maladie, l'âne, — spécialement la race à longs et rudes poils, — est le seul animal domestique qui paraît pouvoir supporter la piqûre de la mouche Tsetse.

Le climat peut être considéré comme sain malgré le fait que la fièvre règne dans les terres basses où la végétation est luxuriante. La pratique de certaines précautions raisonnables est évidemment nécessaire, mais on obtient ainsi une immunité complète de la fièvre. L'expérience a montré que les fièvres malignes disparaissent par la suppression de la végétation rude et touffue, et que lorsque les habitations sont construites dans les terrains plus élevés, où la circulation de l'air est libre et où l'on ne laisse pas la végétation s'accumuler et pourrir, on peut jouir de la meilleure santé possible.

Dans la partie méridionale du district, se trouvent les célèbres « Bains Chauds », dont les propriétés médicales ont amené l'établissement de toutes sortes de commodités dans ces parages. Leur eau a une température de 127° Fahrenheit et a été reconnue efficace pour la guérison des maladies du sang et de la peau, des rhumatismes et de la goutte. Les sources ont une grande réputation parmi les Boers et de grands nombres de ces derniers y viennent chaque année pour se guérir de divers maux.

D'épaisses forêts couvrent la plus grande partie du district, et parmi les essences d'arbres pouvant être employées pour l'industrie, sont les bockenhout, seringa, tamboosi, vaalbosch, knoppies doorn, rooihout, oliviers et autres. Les arbres atteignent des dimensions considérables sur les côtés des montagnes et près des rivières, mais dans les plaines ils sont généralement rabougris. Le bois est excessivement dur, et là plupart de ces essences sont employées pour le boisage des mines, pour les poteaux télégraphiques, les charpentes de construction, l'ébénisterie, le charronnage, tandis que quelques-unes, en raison de leur nature durable, font d'excellentes traverses de chemins de fer.

Des échantillons de divers minéraux ont été trouvés et semblent montrer une certaine richesse minérale répartie dans cette région, mais aucun essai d'exploitation minière n'a été tenté jusqu'à présent et les recherches faites à ce sujet ont été hâtives et sommaires. L'existence de l'or, de l'argent, du plomb, du cuivre et du fer en certaine quantité a déjà été constatée, mais il reste à vérifier si c'est en quantité suffisante pour assurer un travail rémunérateur et couvrir la dépense de fortes sommes en machines, matériel, et en frais d'exploitation.

La diversité de conditions, naturellement grande dans une superficie si vaste, rend nécessaire la division du district en sections indiquées soit par des limites bien définies, soit par certaines caractéristiques. Une idée plus correcte, plus juste de la situation, de la nature et de la valeur des propriétés de la Compagnie pourra ainsi être obtenue.

Section I

Dans cette section, connue sous le nom de Springbok Vlakte, la Compagnie possède DIX-HUIT DOMAINES. Elle est située entre la rivière Kompies, à l'Est, la rivière Plat, à l'Ouest la rivière Nyl, au Nord, et elle forme la partie méridionale du district. Son altitude est d'environ 3,000 pieds au-dessus du niveau de la mer et le climat y est doux.

Le pays est plat, mais comme il n'y a pas de grands cours d'eau et que les sources ne donnent que peu d'eau, l'irrigation n'y est possible que par les provisions d'eau conservée. L'eau nécessaire au bétail est principalement obtenue de cette manière, les réservoirs étant remplis pendant la saison des pluies. Cependant, l'entreprise de la construction de réservoirs a été jusqu'à présent limitée.

Cette section est bien boisée de mimosas et de diverses espèces d'arbres; dans certaines régions, on trouve de grandes étendues de boekenhout et de seringa.

Le sol est de la plus riche espèce et pourrait, avec l'irrigation, produire toute l'année et en abondance toutes sortes de grains et légumes. Dans certaines localités, de grandes étendues de terrain sont cultivées par les indigènes, pendant l'été, et produisent de splendides récoltes de mealies, kafir-corn, millet, pommes de terre, haricots etc.

Cette section est actuellement habitée principalement par les fermiers du Highveld (haut plateau) comme résidence d'hiver pour leurs bestiaux, l'hiver y étant doux et les pâturages restant toute l'année exceptionnellement beaux. Partout où la nature du pays le permet, la Compagnie prête aux indigènes les instruments nécessaires pour ouvrir des puits et construire des réservoirs, qui augmenteront considérablement la valeur de la propriété moyennant une petite dépense.

Section II

Cette section, qui comprend la totalité de l'inspection du géomètre de Villiers, est située au Nord de la rivière Nyle et s'étend des montagnes Eesterling, à l'Est, jusqu'à la limite de Russenburg, à l'Ouest. Dans cet espace de pays fertile, mais peu peuplé, la Compagnie possède QUARANTE-QUATRE DOMAINES, comprenant des terres qui sont les meilleures du district et qui, par la colonisation, rapporteraient des revenus importants et progressifs. Les montagnes Waterberg, qui donnent leur nom au district et qui séparent les bassins des rivières Olifants et Limpopo, forment la limite Nord de cette section. Elles s'étendent du Sud-Ouest vers le Nord-Est jusqu'à Hanglip et inclinent ensuite vers le Nord. La partie orientale de cette chaîne est connue sous le nom de Hanglip Bergen et la partie occidentale sous le nom de Zandriver Bergen.

L'altitude moyenne de cette section est de 3,500 pieds au-dessus du niveau de la mer, et elle est arrosée par les rivières Nyle, Sterk, Groot et Klein Zandrivers et leurs nombreux tributaires, cours d'eau perpétuels, tels que les rivières Olifant-sproot, Badsloop, Tobiasloop, Kotjesloop, Houtboschriver, Klip Spruit, Sterkstroom et autres.

Il y a de grandes différences dans le sol de cette section qui varie d'une fertilité surprenante à une extrême stérilité, mais la majorité des domaines de la Compagnie sont bien choisis quant au sol et à la position, et sont presque tous arrosés par l'un des cours d'eau sus-mentionnés.

Peu de troupeaux y sont élevés; cependant le bétail et les chèvres y viennent bien, et dans les highveld, au Nord du Nylstroom, l'élevage du mouton a réussi. Jusqu'à présent, une petite partie du territoire est occupée, mais les essais ont démontré que le sol peut donner toutes sortes de produits tropicaux.

Toute cette contrée doit être irriguée pour que l'on y obtienne une bonne récolte d'hiver.

Le blé, l'orge, l'avoine, le maïs, le tabac, les pommes de terre et toutes sortes de légumes y sont cultivés avec succès. Les fruits à noyau y sont beaux et abondants et les oranges, citrons et autres fruits de même espèce y poussent avec la plus grande profusion et sans nécessiter aucun soin. Des essais ont été faits pour y cultiver la vigne et le café, et ils promettent de réussir pleinement. La betterave à sucre vient bien, et comme cette matière première semble vouloir supplanter la canne dans les autres pays, la fabrication du sucre pourrait devenir une grande industrie dans ce district quand ses terres seront occupées.

Cette section est bien boisée. Sur les Hanglip Bergen, on trouve divers arbres utiles pour l'industrie, tels que les yellow wood *(podocarpus)*, cyprès *(weddringtonia)*, salie *(buddlea)*, etc., et sur les collines et dans les plaines les vaalbosch, tambooti, bockenhout *(myrsine)*, keurboom *(virgilia)*, sugarbush *(protea)*, olivier *(olea)*, seringa et beaucoup d'autres essences utiles et durables.

Des minéraux tels que l'or, le fer, la galène, ont été trouvés dans diverses localités. Quoique Welgevonden ait été, depuis quelque temps déjà, proclamé comme champ d'or public, aucun essai sérieux n'a été entrepris pour l'exploitation minière dans cette région. Le fer se trouve fréquemment, quelquefois en amas presque purs, et on a reconnu que le minerai était autrefois fondu et forgé par les indigènes et transformé en haches, fers de lances, piques, etc.

La route postale principale de Prétoria à Tuli, viâ Pietersburg, traverse cette section et la prolongation projetée du chemin de fer de Prétoria vers le Nord est actuellement tracée dans toute la longueur de cette section. Les avantages procurés par le chemin de fer, ajoutés à ceux d'un bon climat, d'un sol riche, de bons pâturages et de richesses minérales et végétales feront, d'ici quelques années, de cette partie du Waterberg une des principales divisions du Transwaal.

Section III

Cette section s'étend entre les limites du Zoutpansberg à l'Est, et la rivière Matlabas à l'Ouest, et elle est au Sud des rivières Zeckoe, Tambooti, du New Belgium Block, et des Klein Magalaquin et Sepavane Rivers. Elle a une altitude moyenne d'environ 4,000 pieds.

Il existe dans cette section SOIXANTE-DIX-HUIT DOMAINES de la Compagnie, qui sont situés :

16 dans la partie orientale ;

21 — centrale ;

41 — occidentale.

Cette région est traversée par les rivières Nyl, Palala, Zand ou Pongola et Malmani, qui coulent toutes vers le Nord, reçoivent un certain nombre d'affluents et finalement se déversent dans le Limpopo.

C'est une grande étendue de pays qui, jusque dernièrement, n'avait pas été habitée par des blancs, si ce n'est par quelques Boers qui ont vécu près de la rivière Dwars jusqu'au moment où des troubles qu'ils eurent avec les tribus indigènes dont les chefs étaient Mapela et Makapau, les eurent obligés à abandonner leurs fermes. Ce sont là des faits anciens ; ces indigènes, qui ont cessé depuis longtemps d'avoir aucun moyen de causer des troubles et qui sont maintenant très paisibles, sont très utiles comme main-d'œuvre.

Des montagnes de Kloofs et des vallées abritées par les chaînes des Hanglip et Zandriver, coulent d'innombrables cours d'eau qui forment un réseau d'irrigation dans la partie centrale de cette section. Quelques-uns de ces cours d'eau se jettent dans le Zandriver, tandis que d'autres donnent naissance aux rivières Groot et Klein Palata; d'autres encore se jettent dans les rivières Gold ou Wildebeest et Tamboosi.

Par suite de l'altitude élevée de cette partie du district, environ 4,000 pieds au-dessus du niveau de la mer, le climat y est doux en été, tandis que les fortes gelées dominent en hiver.

Presque tous les domaines ont des lots de terres arables variant de 10 à 100 acres de riche sol d'alluvion, et de grandes étendues de terrains moins fertiles qui produiraient peut-être de bonnes récoltes, mais cependant pas pendant un temps indéterminé sans l'aide d'engrais.

Le blé, l'orge et l'avoine ne peuvent être obtenus sans irrigation, mais toutes les fermes présentent des facilités pour la construction de réservoirs dans les endroits où les cours d'eau ne peuvent être employés avec avantage.

Vers la partie orientale de cette section, le pays s'abaisse graduellement d'environ 1,000 pieds, et il est visible qu'il y avait là, à un certain moment, une forte population d'indigènes. Depuis les douze derniers mois, il en est revenu de grands nombres s'établir dans ces parages. Le sol est de la même fertilité que dans les autres parties de la section, mais l'eau n'y est pas si abondante, quoiqu'on puisse l'obtenir dans la plupart des endroits; dans certaines localités, c'est au moyen de puits et citernes et dans d'autres, par des cours d'eau tels que les Magalaquin, Rampietjesloop et autres.

La partie occidentale de la section, qui s'étend entre les rivières Matlabas et Zand, est plus montagneuse et, sur certains points, très rugueuse, comme la partie centrale ; elle est arrosée par de nombreux et bons cours d'eau. Sur les rives de ces cours d'eau et dans les vallées sont de beaux pâturages capables de nourrir de grands nombres de troupeaux.

Toute cette section est très boisée. Il y a beaucoup d'endroits qui sont propres à la culture du café, du sucre, du coton et des autres produits tropicaux. Toutes les espèces de fruits y poussent bien. Dans le voisinage des anciennes colonies indigènes, entre Sepevane et Magalaquin, on trouve, mêlés aux arbres du pays, de grandes quantités de pêchers et de bananiers à l'état sauvage qui, en cette saison, sont tout couverts de fruits.

En ce qui concerne la richesse minérale, on sait que le pays contient de l'or (de l'or d'alluvion ayant été découvert dans quelques-unes des vallées de cette section, par M. Carl Mauch et d'autres), et les parties montagneuses ont toute l'apparence d'un pays contenant des filons.

Un grand avenir doit être réservé à cette partie du Transwaal. Les rivières et les innombrables cours d'eau assurent une provision d'eau magnifique ; le paysage, spécialement dans les parties élevées, c'est-à-dire les parties Sud et Est, est exceptionnellement beau ; le bois des essences les plus utiles est abondant ; les rivières regorgent de poisson ; le gibier, tel que le couagga, le koodoo, l'antilope, le rooibok, etc., abonde aussi ; les pâturages pour le bétail sont, l'hiver comme l'été, aussi bons qu'on peut le désirer ; enfin, rien ne manque ici pour qu'un colon puisse réussir.

Section IV

Cette section est située au Nord de celle n° III, elle s'étend des Matlabas, à l'Ouest, jusqu'à la limite de Zoutpansberg, à l'Est, et elle est parallèle au cours du Limpopo. Elle constitue ce que l'on appelle le plateau Limpopo. Le terrain en est plat, parsemé de petites chaînes de collines et traversé par les rivières Magalaquin, Palala et Pangola, qui sont de forts cours d'eau perpétuels, et aussi par d'autres, qui sont comparativement insignifiants en hiver, mais de très fort volume pendant les mois d'été.

Le sol des plaines est principalement sablonneux, mais dans les vallées il devient plus gras et est extrêmement fertile quand il est arrosé; cependant, en l'absence d'irrigation, l'agriculture n'y est pas encore entreprise. Il n'y a aucune raison pour laquelle on ne pourrait remédier à cela, car dans les endroits où les facilités naturelles favorisent l'établissement de réservoirs, de grandes quantités de grains pourraient être facilement obtenues. Par suite de la nature sablonneuse du sol, la plus grande partie de l'eau qui tombe pendant les mois d'été est retenue à peu de profondeur et l'eau peut être trouvée presque partout à une profondeur de 10 ou 20 pieds.

Dans la partie septentrionale, il y a beaucoup de terrains qui ne pourront jamais être employés pour l'agriculture parce qu'ils sont pierreux, stériles et ne peuvent être améliorés, mais il y a aussi beaucoup d'endroits fertiles à prendre, qui seront un jour de grande valeur. Ce district est principalement pastoral et l'élevage indigène du bétail est remarquablement bon, quoique dans les plus hautes régions le bétail ait besoin d'être d'abord acclimaté.

La totalité du pays est bien boisée. Dans les plaines, les arbres sont quelque peu rabougris, mais sur les berges des rivières se trouvent de beaux spécimens d'arbres de bois dur qui atteignent fréquemment 60 à 80 pieds de hauteur et 12 à 20 pieds de circonférence.

On ne sait que peu de chose en ce qui concerne les minéraux. Beaucoup d'espèces ont été reconnues, il est vrai, mais il est encore trop tôt pour dire si le district deviendra jamais un grand district minier. Le peu de population, le manque de connaissance du pays, l'absence de routes et de moyens de transport, tout est défavorable à l'exploitation de ces districts miniers quant à présent. Des dépôts de cuivre existent dans certaines parties et de nombreux puits et anciens travaux ont été découverts, qui montrent que du cuivre en a été extrait dans les temps passés.

La Compagnie possède QUATRE-VINGT-ONZE DOMAINES dans cette section. Tous sont bons pour l'élevage du bétail et pour la culture des mealies, kafircorn et certains aussi pour la culture des produits tropicaux.

L'altitude moyenne de cette section est de 2,000 à 2,500 pieds au-dessus du niveau de la mer.

LYDENBURG

La superficie du district du Lydenburg est évaluée à 15,500 milles carrés. La chaîne des Drakensberg, dont l'altitude varie

entre 4,700 et 8,725 pieds au-dessus du niveau de la mer, traverse et coupe ce district du Nord au Sud. Le plus haut pic est
nommé Mauchsberg (8,725 pieds) et le Spitzkop (7,300 pieds),
le Mont Anderson (7,200 pieds), le Moodiesberg (7,000 pieds)
et le Bergendaal (6,440 pieds) sont parmi les autres principaux
pics. Dans la partie méridionale de ce district, dans la section
de « De Kaap », la chaîne est coupée par de profondes vallées et
divisée en de plus petites chaînes et parfois même en des pics
isolés, le plus haut desquels, le « Duivels Kantoor » s'élève à
5,800 pieds. A l'ouest de la Drakensberg, et courant parallèle-
ment à elle, est une autre chaîne connue sous différents noms
dans ses différentes parties, savoir : Montagnes Lulu ; Dwarsri-
vierbergen ou Steenkampsberg ; ces chaînes séparent les haut
et bas pays. Quand on l'approche par le Sud-Ouest, ce district
semble être une continuation des plaines herbeuses qui forment
le district de Middelburg, mais presque immédiatement après
que l'on a pénétré dans le district de Lydenburg, la monotonie
du grand plateau est rompue par la présence de collines, qui deviennent plus nombreuses et plus élevées, jusqu'à ce que l'on
atteigne la vallée Elandspruit. Ici la surface est brisée par les
montagnes et les contreforts de montagnes, qui, pour employer
une expression commune, traversent le cœur de ce grand district.
Les contreforts des montagnes et les chaînes plus petites sont
herbeux et boisés et ils sont séparés par d'innombrables vallées
avec d'épais dépôts d'alluvion formant les pâturages les plus
riches qui puissent être trouvés dans tout le Sud de l'Afrique.

Les parties élevées ou montagneuses du district sont bien
arrosées par de nombreux, importants et clairs cours d'eau, d'un
courant rapide, tels que les Komati River, Elandspruit, Crocodile River, Dwars River, Waterfall River, Spekboom River,
Blyde River, Origstad River et divers autres ; toutes ces rivières

sont alimentées par des affluents sans nombre venant des versants des collines. La pluie tombe dans ce district régulièrement et en abondance, ce qui rend l'irrigation inutile, sauf dans de très rares exceptions.

A l'est de la chaîne des Drakensberg, le pays descend subitement à une altitude de 2,000 pieds environ, et décline graduellement jusqu'au pied de la chaîne Lebombo, où l'altitude est d'environ 1,000 pieds au-dessus du niveau de la mer. Cette partie est appelée le *bas pays* et est aussi utilisée par les éleveurs pour l'hivernage de leurs troupeaux.

Les fièvres malignes règnent dans le bas pays pendant la saison des pluies, surtout le long des rivières, dans les vallées et dans les endroits peu élevés.

Cette grande région, qui s'étend environ 60 milles dans chaque direction, est complètement couverte de brousse et de végétation luxuriante qui reste verte presque toute l'année. Plusieurs grandes rivières telles que les Blyde, Sabie, Olifants, Crocodile et autres, dont les rives sont bordées de gros arbres et d'une épaisse végétation, traversent ce pays. Certaines parties des montagnes sont d'une étonnante beauté; les contreforts sont séparés par de profonds ravins couverts de forêts de gros arbres et qui s'ouvrent en de riches et fertiles vallées. De magnifiques torrents, avec de nombreuses cascades, dominent les terrains bas et procureraient les moyens d'irrigation, si on en avait besoin, de même que la force motrice pour des moulins ou autres machines se rattachant aux industries agricole et minière. Les montagnes Lulu et Secocoeni, dans la partie Nord-Ouest du district sont pleines de charmantes vallées et, cachés parmi les collines, sont des coins fertiles capables de nourrir de florissantes communautés ; l'abondance du bois, les nombreux cours d'eau et les côteaux verdoyants rendent les sites des plus plaisants.

A l'Ouest de ces montagnes, la contrée est moins montagneuse et moins bien arrosée, mais couverte de forêts peut-être plus denses. Ici, les pâturages sont riches et luxuriants à l'époque de l'année pendant laquelle le haut pays est dans son plus mauvais état.

Les centres miniers bien connus de Pilgrim's Rest, Mac-Mac, Spitz-Kop Kaapschehoop, Fairview, Barbertont, Komatie font partie de Lydenburg. Indépendamment de l'or, le minerai de fer (magnétique et hématite) et d'autres minerais sont très abondants et amplement répartis dans le district, mais rien n'a été fait jusqu'à présent par les blancs pour tirer profit de ces minerais. Près de Carolina, dans la partie Sud-Ouest du district, il y a de bonne houille, mais, jusqu'à présent, on ne l'exploite pour ainsi dire pas.

. Pour l'élevage du bétail, cette région est une des plus belles de la République, car on y trouve toute l'année beaucoup d'eau, de bons pâturages, l'abri des arbres, des vallées, des collines. Dans tout le district, sur le grand plateau, aussi bien que dans les vallées parmi les montagnes, le sol est d'une fertilité extraordinaire, mais actuellement, Lydenburg est principalement un district minier et d'élevage de bétail, et l'agriculture y a été absolument négligée. Dans certaines régions, comme à Origstadt et Spekboom, de grosses récoltes sont obtenues et, notamment, le blé de ces parties est considéré égal au meilleur blé produit dans tout le Sud de l'Afrique. Indépendamment de la répugnance qu'éprouve la vieille population Boer à augmenter l'étendue de ses opérations agricoles au delà des limites de ses besoins personnels, la question du transport jusqu'à de bons marchés, a gêné le développement de l'agriculture, mais l'achèvement des lignes de Delagoa Bay à Prétoria et de Komati Port à Selati donneront une immense impulsion à l'agriculture dans le district de Lydenburg, car ces lignes ouvriront deux importantes régions et leur procureront de grands débouchés. Un district si riche ne peut pas rester longtemps inactif.

Dans le bas pays, le gibier peut encore être trouvé en grande variété et quoiqu'il ne soit plus si abondant qu'il y a quelques années, il existe encore en quantité suffisante pour que la région continue à être appelée le Paradis du Chasseur.

Les domaines que la Compagnie possède dans le Lydenburg (au nombre de SOIXANTE-CINQ) sont situés :

27 dans le bas pays entre le Drakensburg et le Lebombo ;

27 dans les Secocoeni et Lulu Mountains;

6 entre les rivières Steelport et Olifants;

3 sur la montagne près de la ville de Lydenburg ;

1 près de la ville de Carolina;

Et 1 (Alkmaar) dans la riche vallée Crocodile, sur la route principale entre les champs aurifères de Lydenburg et Barberton, à travers lequel passe la ligne de Delagoa Bay à Prétoria et sur lequel il y a une station de ce chemin de fer.

Plusieurs des domaines de la Compagnie sont dans les régions aurifères bien connues, de sorte qu'il convient de rappeler que ces champs aurifères, quoique étant les plus anciens de l'Afrique du Sud, ont été assujettis au régime des Concessions pendant les douze dernières années, c'est-à-dire depuis la découverte des filons.

On estime que le rendement d'or de Pilgrim's Creek seul, était, avant cela, d'une valeur supérieure à £ 600,000. Pendant la période du régime des Concessions, quelques Compagnies exploitèrent sans enthousiasme, mais le district fut discrédité, et les entreprises publiques et individuelles s'en éloignèrent. Malgré cela, le rendement des champs de Lydenburg (comme on appelle ces champs aurifères du Nord-Ouest pour les distinguer des De Kaap) a été, pendant l'année dernière, de 29,000 onces d'or d'une valeur de £ 100,000, tandis que les De Kaap Fields ont produit 67,500 onces d'une valeur de £ 250,000. En Novembre dernier, les Lydenburg Fields ont été proclamés mines publiques et, selon toute probabilité, une amélioration en résultera.

MIDDELBURG

Le district de Middelburg s'étend à l'Est de Prétoria et peut être divisé en deux sections, savoir : le « haut » et le « bas » pays. La partie méridionale, ou haut pays, dans laquelle sont situés la plupart des domaines de la Compagnie, est un plateau ondulé d'une altitude moyenne d'environ 4,800 pieds au-dessus du niveau de la mer. Quelques courtes chaînes de collines rompent la monotonie du plateau et quelques arbres chétifs, principalement des saules, sont visibles ici et là sur les bords des rivières ; autrement, on ne rencontre aucun arbre, si ce ne sont ceux que les fermiers ont plantés près de leurs habitations.

L'élevage des moutons et du bétail est la principale industrie entreprise dans cette région. Quelques-unes des graines, des espèces dures, sont cultivées et tous les fruits des climats tempérés et les légumes de toutes sortes y viennent bien. L'irrigation n'est pas absolument nécessaire et, dans certaines parties, elle n'est pas utile du tout, les pluies tombant en plus grande quantité ici que dans toute autre partie de l'Etat. Le climat est particulièrement sain, et la chaleur n'est jamais excessive.

Ce district est arrosé par les Wilge River, Zadelklap Spruit et Brug Spruit, tributaires de la Rhenoster River, et par la rivière Olifants avec ses tributaires savoir : Klein Olifants River, Steenkool Spruit, Riet Spruit et autres cours d'eau. Indépendamment de cela, de nombreux réservoirs naturels, dont quelques-uns d'une étendue considérable, sont répartis dans toute la contrée.

Dans la partie septentrionale de ce district, se trouve le « lowveld » ou bas pays. La contrée est accidentée et montagneuse et couverte d'épaisses forêts de mimosas et autres arbres.

De très belles étendues de terres agricoles se trouvent sur les rives de la Salons River. Les voisinages des rivières Olifants et Steelpoort sont aussi de très fertiles parties du district. De splendides récoltes de grains et de fruits seront obtenues par les quelques fermiers qui donnent leurs soins à ce genre d'agriculture.

Les minéraux qui ont été trouvés dans ce district sont l'or, l'argent, le plomb, le cobalt, le nickel, le cuivre et le fer magnétique. Beaucoup de ceux-ci sont reconnus comme étant dans des conditions pouvant donner des profits, si l'on excepte la question du transport, et prendront sans aucun doute une valeur effective quand la ligne de Delagoa Bay à Prétoria sera achevée. Des nappes d'huiles (minérales) ont aussi été trouvées, et actuellement on procède à leur ouverture.

Des gisements de houille qui depuis longtemps ont été exploités avec profit par les habitants du district au moyen d'extractions par petites quantités, et du transport coûteux par chariot à bœufs, prendront une énorme valeur par l'achèvement de la ligne qui sera effectué cette année. Les mines de houille de ce district sont en réalité inépuisables ; de fait, le plateau tout entier semble recouvrir une série de filons. Le charbon obtenu ici est de la meilleure qualité, et a trouvé un marché à Johannesburg, même malgré la lourde taxe du transport par chariot. On pense qu'avec les avantages des tarifs peu élevés que les chemins de fer pourront offrir pour les chargements de retour, l'approvisionnement entier de la Baie de Delagoa et de sa navigation reviendra à Middelburg.

RUSTENBURG

Ce district, dans lequel la Compagnie possède TRENTE-DEUX DOMAINES d'une superficie d'environ 164,636 acres, s'étend entre les districts de Prétoria et Waterberg à l'Est et au Nord-Est, et le Potchefstroom au Sud. La rivière Marico le sépare à l'Ouest et au Nord-Ouest du district de Marico et du Protectorat Anglais du Bechuanaland. Sa superficie est évaluée à environ 10,300 milles carrés. Certaines parties ont une altitude de plus de 4,000 pieds, mais la moyenne est de 3,000 pieds au-dessus du niveau de la mer. Le climat est doux et, en général, sain. La limite Sud du district étant formée par le bord du plateau High-veld, le pays présente des collines et des vallées dans lesquelles serpentent de nombreux cours d'eau. Les principaux de ceux-ci sont les rivières Elands, Hex, Sterkstroom et Dorp Spruit, qui se jettent toutes dans la rivière Crocodile. La partie orientale de cette région est connue sous le nom de Division de la rivière Hex ; la partie occidentale sous celui de Division Zwarts Ruggens et, un peu au Nord, se trouve la Division de la rivière Elands. Ces régions sont les grandes productrices de fruits du Trans-waal, d'où les marchés de Johannesburg et de Kimberley sont principalement approvisonnés d'oranges, de citrons, de coings et de poires. De grandes quantités de raisins, pêches, necta-rines, grenades et de figues y poussent aussi. Le tabac qui, lorsqu'il est bien préparé, est égal comme qualité au produit américain, est obtenu en grandes quantités et exporté dans les provinces voisines, et les mealies, sorghos, haricots, pommes de terre et oignons sont généralement cultivés en été lorsque les pluies abondantes rendent l'irrigation inutile. Le blé, l'avoine, l'orge et les pois sont les récoltes d'hiver, et pour les obtenir, l'irrigation est indispensable. Ces régions sont spécialement ap-propriées à la culture du café et des plantes sucrières, et aussi des olives et des fruits tropicaux.

Au Nord de ces Divisions, à une altitude plus basse et jouis-sant d'une température plus chaude, se trouve la région de la

Brousse qui, coupée dans certaines parties par des chaînes de collines et couvertes de hautes herbes, de broussailles et d'arbres, ressemble assez au pays décrit dans la section IV de Waterberg. Cette partie est sillonnée par la rivière Crocodile dans laquelle se jettent à l'Ouest les Klipfontein, Brack et Bier Spruits, tandis qu'à l'Est s'y jettent les Pienaar's River, Sleepfontein, Blink water et Zand River. A l'Ouest coulent les Toelaan River, Roode-wilge Spruit, Rampapaans Spruit, Elandslaagte et Gamiaans Sloot, qui toutes rejoignent la rivière Marico. La plupart de ces rivières ne sont que des cours d'eau périodiques subordonnés aux pluies d'été.

Dans cette partie du district, quoique les récoltes obtenues soient de bonne qualité et d'un rendement au-dessus de la moyenne, l'agriculture n'a pas le développement qu'on pourrait lui donner. Pendant la saison d'hiver, les fermiers du highveld viennent dans cette région pour les pâturages d'hiver. En été, à l'exception d'un colon par ci par là, cette région est inhabitée par les blancs. Actuellement, le kafir corn et le millet, dont les tiges atteignent parfois la hauteur de 10 à 12 pieds et dont les épis pèsent souvent plusieurs livres, sont les seuls grains cultivés en certaines quantités par les indigènes.

Le bétail y est élevé en grande quantité, les pâturages étant bons et abondants dans tout le district, et quoique les herbages y soient généralement trop riches pour les moutons et les chèvres, il y a de grandes étendues sur lesquelles le mouton de demi-race vient admirablement bien.

Rustenburg possède, le long des rivières, de superbes domaines qui sont tout à fait appropriés à l'élevage et à l'agriculture et sur lesquels de grandes quantités de céréales sont cultivées pour les centres aurifères. Par contre, il y aussi beaucoup de terres qui sont absolument sans valeur pour les susdites industries agricoles.

Dans ce district, l'or, l'argent, le cuivre, le plomb et les pierres précieuses ont été trouvés en quantités suffisantes pour justifier des recherches, mais pas pour faire prévoir encore l'avenir d'une industrie.

Plusieurs domaines de la Compagnie sont propres à la culture des produits tropicaux, tandis que d'autres sont plus appropriés à l'élevage du bétail.

MARICO

La Compagnie a deux domaines d'une étendue d'environ 12,700 acres dans le district de Marico.

L'aspect général et les conditions climatériques sont tellement semblables à ceux de Rustenberg, que ce qui a été dit de ce dernier district peut s'appliquer à celui-ci.

ZOUTPANSBERG

Le district de Zoutpansberg a une superficie d'environ 30,000 milles carrés, c'est le plus vaste, le plus septentrional et virtuellement le plus grand district du Transwaal, et dans cette immense étendue de terre, il y a toutes les espèces de contrées, de climats et de sols. Il y a de grandes parties qui sont stériles, sans eau, ou, pour d'autres causes, entièrement impropres à la colonisation par les blancs, et par contre, il y a des milliers de milles carrés qui sont on ne peut plus appropriés à l'occupation européenne. Il y a des régions dans lesquelles tous produits des pays tropicaux, semi-tropicaux et beaucoup des produits des zones tempérées peuvent être obtenus, toujours sans difficultés et généralement en grande profusion. Il est difficile de concevoir des conditions plus favorables que celles de certaines parties de ce district.

La population indigène de Zoutpansberg, que l'on dit être d'un demi-million d'habitants, est de beaucoup plus importante que celle de tout autre district du Transwaal et la main-d'œuvre pourrait naturellement y être toujours obtenue en grande quantité. Les indigènes sont pour la plupart confinés dans certaines régions et localités et sont actuellement les seuls agriculteurs. D'importantes récoltes, principalement de maalie et de blé, sont obtenues par eux, malgré leur manière primitive de labourer et leur négligence absolue de la fertilisation et de l'irrigation du sol.

Peu de parties de ce district ne sont pas favorables à l'élevage du bétail, soit comme pâturages d'été ou d'hiver, soit pour les deux saisons. Les indigènes y possèdent des troupeaux considérables et les fermiers du haut pays font de ce district un lieu d'hivernage pour les moutons et le bétail. Dans beaucoup de parties où il n'y a point de cours d'eau, il semble y en avoir de grandes réserves souterraines, car des puits creusés à des profondeurs variant entre 10 et 50 pieds au plus, mettent à jour de grandes provisions d'eau.

La Compagnie possède SOIXANTE-CINQ DOMAINES dans le Zoutpansberg et, comme ils sont dispersés sur une étendue immense de pays dont la nature générale varie beaucoup, il est préférable de traiter ce district par sections.

Section I

La route postale principale, venant du Sud-Ouest, pénètre dans ce district par une ouverture dans la chaîne des montagnes, avec les monts Eesterling à droite, et Yzerberg (Montagne de fer) à gauche, et traverse un pays herbeux parsemé de collines et de monts isolés dont le principal est le mont Maré. Les champs aurifères du Marabastad sont dans ces parages et, s'étendant dans les directions Sud et Sud-Est de ces champs, sont ceux de Smitsdorp. Le pays est ici plus ondulé avec, par ci par là, des bouquets d'arbres qui plus loin, vers les montagnes de Zebedela, deviennent des forêts. Contigu à Eesterling, est le domaine de la Compagnie appelé Marsfontein, situé sur le versant de la montagne dans les ravins de laquelle se trouvent de grandes quantités de bois. Il y a dans ce domaine une grande étendue de riches terres arables dont une partie est actuellement cultivée par les indigènes habitant sur cette propriété.

L'eau n'est pas abondante dans cette région, mais de bonnes récoltes de mealie, de kafir-corn, etc., etc., sont néanmoins obtenues.

L'autre domaine de la Compagnie, dans ces parages, est situé sur les bords de la rivière Olifants. Ayant de grandes étendues de terres en bonne situation pour l'irrigation, elle est très appropriée à l'agriculture.

Le pays qui va du mont Maré vers le Nord est plus plat et tout parsemé d'arbres. La chaîne de montagnes qui forme la séparation entre les districts de Waterberg et Zoutpansberg se termine en une série de petites collines toutes couvertes d'arbres. Les riches vallées et les plateaux ondulés sont parsemés de *Kopjes* formés d'énormes rochers en granit qui s'élèvent brusquement du sol et rompent la monotonie de l'ondulation du pays. Plusieurs cours d'eau prennent leur sources dans ce pays et donnent naissance aux Haut River, Strydomsloop, Blood-River et Zand River. Toutes ont de profonds lits de sable avec, comparativement, peu d'eau visible pendant la saison sèche, mais on peut à toute époque trouver de l'eau dans ces lits de sable en creusant à un ou deux pieds de profondeur, même quand les apparences sont les moins engageantes.

Il n'y a pas beaucoup d'habitants blancs dans cette région, et la plupart de ceux qui y sont se contentent de cultiver du blé et des légumes en quantité suffisante pour leurs propres besoins, et, par la vente de quelques chargements de bois à brûler, ils se procurent les fonds nécessaires à l'achat de leurs vêtements et des autres choses utiles que leurs fermes ne produisent pas.

Le pays est propre à l'élevage, les pâturages mixtes, c'est-à-dire partie brousse, partie herbages découverts, étant très favorables pour le bétail. De grands troupeaux de bétail et de moutons de demi-race, et des chèvres en excellentes conditions et appartenant aux indigènes de ces localités, sont rencontrés partout.

Section II

En suivant le cours de la rivière Hout, sur les rives de laquelle TRENTE-HUIT DES DOMAINES de la Compagnie dans ces parages sont situés, le pays descend doucement d'une altitude d'environ 4,000 pieds à Marabastad, à environ 2,500 pieds à son point de jonction avec la Zand River. Dans toute cette région, l'agriculture serait en grande partie subordonnée à l'irrigation pour laquelle il y a toutes facilités. Le sol est d'une nature sableuse et très fécond.

Près de Marabastad, il y a de beaux vignobles d'environ 8,000 pieds de vigne, en très bel état et très florissants. C'est là un essai sur une échelle suffisamment étendue pour démontrer que la viticulture deviendrait rapidement une importante industrie dans ce district. Vers le Nord, après avoir passé la chaîne des Zoutpansberg, la brousse est continue.

De nombreux cours d'eau se font route à travers cette région, et il est facile d'en suivre la trace par la densité et la plus grande vigueur de la végétation sur leurs berges. Ces cours d'eau ·sont desséchés pendant la plus grande partie de l'année, mais ayant des bassins d'une très grande superficie, ils reçoivent les eaux de beaucoup de petits affluents, et, en conséquence, en été, quand tombent les grandes pluies d'orage, ils déversent d'énormes inondations dans le Limpopo, et ils diminuent aussi rapidement qu'ils montent. Pendant les mois d'hiver, de Juin à Octobre, on trouve rarement de l'eau, et, si l'on en trouve, ce n'est que dans des citernes d'une profondeur de quelques pieds, creusées par les indigènes.

Le baobab (*adamsonia digitata*), connu dans le pays sous le nom de crème de tartre, se trouve dans beaucoup de parties de cette région ; il atteint la hauteur de 50 à 70 pieds avec un tronc dont la circonférence varie de 30 à 80 pieds. Cet arbre monstre à ses utilités : l'écorce fournit une fibre solide que les indigènes tressent en cordes, la pulpe des fruits a un goût acide agréable, semblable à celui de la crème de tartre et, mêlée à l'eau sucrée, elle forme une boisson très rafraîchissante ; on la dit aussi être un spécifique contre la fièvre, et on l'emploie dans des cas de dysenterie. Les feuilles séchées, réduites en poudre et prises avec la nourriture, purifient le sang.

Près du pied des Zoutpansberg se trouvent des salines renommées qui rendent annuellement environ 12,000 sacs de sel. Toute cette région n'a en réalité pas été étudiée au point de vue minier. On trouve de tous côtés des traces de roche quartzeuse, on sait qu'il existe du cuivre en quantité, et des découvertes de diamants ont aussi été faites dans ces parages.

Section III

Au Sud-Est de la chaîne de Zoutpansberg est le Klein Spelonken. L'aspect physique de ce territoire offre un grand contraste avec les plaines plates et sableuses de l'Est et du Nord-Est des montagnes. Le Spelonken abonde en bois, en eau et en coteaux ; d'un bout à l'autre l'ondulation est continuelle ; le climat est sec, doux et sain. D'innombrables cours d'eau et rivières prennent leurs sources dans les chaînes de collines qui sont nombreuses et répandues dans toute la région, et arrosent les plaines. Le sol est remarquablement fertile, toutes espèces de grains, fruits, légumes connus dans les climats tropicaux et semi-tropicaux viennent bien dans ces régions si la culture en est bien dirigée. Le raisin, les oranges, les citrons, les bananes, le café, la canne à sucre, le coton, le tabac ont tous été cultivés dans cette section et ont donné de bons résultats. On croit que le thé viendrait bien dans certaines parties et on en dit autant des épices, mais aucun essai n'a encore été fait pour ces derniers. Les mealies, kafir corn et le millet poussent admirablement bien ; les pommes de terre, les oignons, etc., sont cultivés avec grand succès.

Le blé, l'orge, l'avoine ont aussi donné de bons résultats dans diverses parties comme récoltes d'hiver.

La situation d'un seul des quatre domaines que la Compagnie possède dans cette région est actuellement déterminée et sur ce domaine il y a trois fermes. Les trois autres domaines sont situés dans la partie qui n'a pas encore été réinspectée.

Dernièrement on a trouvé dans ces parages de fortes veines de galène qui est, dit-on, riche en argent.

Section IV

Au Sud-Est de Spelonken, le pays tombe d'une altitude de 3,000 pieds à environ 1,800 ou 2,000 pieds au-dessus du niveau de la mer, et est intersecté par de nombreuses lignes de roches composées principalement de schistes d'ardoise et de minerai de fer ; dans les vallées il y a de riches dépôts d'alluvion.

Le grand avantage que la partie du pays, où les TREIZE DOMAINES de la Compagnie sont situés, a sur beaucoup d'autres parties de cette région est la grande abondance d'eau. Même au loin des montagnes, on ne peut pas dire que le pays est plat comme on le dirait de beaucoup d'autres parties du district; il s'ouvre en de larges plateaux parsemés de kopjes. Quoique l'eau existe en abondance, les Klein et Middle Letaba avec leurs nombreux tributaires traversant ce pays, la nature est telle que, sauf dans quelques exceptions, l'irrigation par les procédés ordinaires est presque impossible. Pendant les mois d'hiver, quand l'irrigation est nécessaire, les rivières forment invariablement une série d'étangs dont l'eau ne peut être extraite qu'au moyen de pompes.

Quoiqu'il ne soit pas approprié à l'élevage systématique du bétail, une grande partie de ce pays constituerait un excellent hivernage ; les plus petites espèces de bétail, telles que les races Mashona et Zoulou semblent y bien venir. On y rencontre aussi quelques moutons de demi-race et des chèvres, mais ils n'ont pas bien réussi dans cette contrée.

En ce qui concerne l'agriculture, le sol est très fécond ; on trouve partout des traces de grandes entreprises agricoles et quoiqu'un bon nombre d'indigènes habitent encore cette région, il est évident qu'il y avait précédemment une population beaucoup plus nombreuse. A l'exception de quelques postes commerciaux, il n'y a pas de colons blancs dans ces parages.

Ce district n'a pas été très étudié, et n'est pas très connu au point de vue minier, sauf dans le Klein Letaba et dans le proche voisinage des champs aurifères déjà existants. Dans le Mont Yzerberg, (montagne de fer), il existe de grandes quantités de minerai de fer presque pur, qui a déjà été exploité par les indigènes dans les temps passés.

En ce qui concerne la salubrité, on peut dire que bien que les fièvres malignes y existent, ce n'est que d'une manière si faible que moyennant quelques soins, elles ne sont pas dangereuses et, en somme, le district s'est montré certainement beaucoup plus sain pendant la saison des pluies que la plupart des autres endroits de même altitude.

Section V

Au Sud de la section qui précède se trouve Houtboschberg. Dans cette province, de grands contreforts se séparent de la chaîne principale des montagnes Drakensberg et descendent dans la vaste plaine, couverte de forêts vierges, qui s'étendent jusqu'aux montagnes Lebombo. Les côtés des montagnes sont tapissés de la plus riche végétation semi-tropicale. On voit de tous côtés des arbres gigantesques enguirlandés de plantes grimpantes et entourés de gracieuses fougères et orchidées, de grands arbres de fougère et de nombreuses espèces de buissons brillamment fleuris. Parmi les grands et utiles arbres que l'on rencontre sont les Yellow-wood (*podocarpus*), Stinkwood (*oreodaphne bullata*) un superbe bois dur; le solide Sneezewood (*ptoeroxylon utile*) l'Olivier (*olea verrucosa*) le lourd et dur Bois de fer (*olea laurifolia*); le Essenhout blanc à grain serré (*eckelbergia capensi*); le Poirier blanc, léger et fort (*apodytes dimidiata*) et d'autres bois de charpente. Le beau Marronnier sauvage (*colodendron capensi*) se trouve dans toute cette région. La végétation est caractéristique de cette situation géographique; elle n'est ni strictement tropicale, ni du type des zones tempérées, mais plutôt un mélange des espèces spéciales aux deux.

Cette section est bien arrosée, elle a de bons pâturages et

est très renommée pour ses hivers comparativement durs. Elle n'est pas propre à la culture du blé et de l'avoine, mais la plupart des autres grains et fruits, spécialement le raisin et les fruits à noyaux, y poussent parfaitement.

Les DEUX DOMAINES appartenant à la Compagnie sont bien situés, sains, splendidement arrosés et boisés et peuvent être comparés aux meilleurs de cette région.

Au Sud, se trouvent les champs d'or Woodbush qui forment partie de la grande ligne de pays aurifères situés plus à l'Est et connus sous le nom de champs aurifères de Murchison et Klein Letaba. Dans ces parages, indépendamment de l'or et d'autres minéraux comme l'argent, le cuivre, le plomb et le fer, on trouve de l'antimoine.

Section VI

Les SIX autres DOMAINES de la Compagnie sont situés dans la région qui s'étend entre les champs aurifères Murchison à l'Est ; les Drakensberg à l'Ouest ; la rivière Salati au Nord, et la rivière Olifants au Sud. Cette contrée est particulièrement intéressante et présente les mêmes assemblages de bois, d'eau et d'herbages qui sont les caractéristiques des parties fertiles du pays. Les contreforts des montagnes sont couverts d'herbe ou d'épaisses forêts, et, parmi ces contreforts, sont d'innombrables vallées couvertes de pâturages des plus nourrissants. La végétation reste verte presque toute l'année. L'altitude moyenne de cette partie du pays est environ 3,500 pieds.

Un gisement aurifère a été découvert dans ces parages et est maintenant en cours d'exploitation.

HEIDELBERG

Le district de Heidelberg est situé dans la partie septentrionale du Transwaal et est borné au Nord par le district de Prétoria ; au Sud, par la rivière Vaal ; à l'Est, par le district de Standerton, et à l'Ouest, par celui de Potchefstroom. L'altitude de ce district varie entre 4,500 et 6,000 pieds au-dessus du niveau de la mer. La pente est vers le Sud et les rivières Klip, Blesbokspruit, Zuikerbosch, Rand, Kafirspruit et autres cours d'eau se dirigent de ce côté pour rejoindre la Vaal River.

Dans certains endroits, le pays est coupé par des récifs et de courtes chaînes de montagnes dont les principales sont les Witwatersrand, Zuikerboschrand-Klipriviersberg, Jeanette's Peak, Van Kolderskop et Barnhardskop. Le climat est très sain ; l'hiver y est froid et l'été est chaud avec des nuits fraîches et agréables.

Les pluies sont considérables, le sol est riche et les pâturages sont bons. La principale occupation des habitants qui ne sont pas employés aux travaux de l'industrie minière est l'élevage du bétail et des moutons et l'agriculture, le pays étant en général bien approprié à ces buts. On s'occupe aussi de l'élevage des chevaux et des mules. Depuis quelques années, les moutons ont été beaucoup améliorés dans ce district par l'introduction dans les troupeaux de quelques échantillons des races importées, et les fermiers deviennent plus attentifs quant au tri et à l'emballage des laines. L'excellent marché de produits agricoles que Johannesburg leur offre, a donné en quelque sorte de la vigueur aux fermiers du proche voisinage, mais un peu plus loin, de grandes étendues de terres qui pourraient être cultivées avec profit sont encore inutilisées. Il y a dans le pays beaucoup de brousse, principalement du mimosa, et, le long des rivières, les saules abondent.

Le district de Heidelberg est riche en minéraux ; des filons aurifères ont été découverts partout. Les champs d'or du Witwatersrand sont dans ce district et leur production, pendant l'année 1893, est indiquée officiellement comme étant d'une valeur de plus de £ 5,000,000. Il serait superflu de faire des commentaires. Des gisements de houille d'une étendue considérable sont en exploitation et quoique ces mines soient considérées comme inférieures en étendue et comme qualité à celles des districts de Middelburg et Ermelo, leur position est plus avantageuse par rapport aux marchés des champs d'or et leur production en 1893 a dépassé un demi-million de tonnes.

La Compagnie possède TROIS DOMAINES dans ce district. Deux sont situés à 9 milles de la station Vereeniging et à une distance de quelques milles de la ligne du chemin de fer du Cap. Ils contiennent de bonnes terres arables, mais sont mal arrosés. Le troisième est à une courte distance du point terminus du chemin de fer, aux Sources *(Springs)*, et constitue une propriété de grande valeur.

Dans le voisinage de Johannesburg, l'arboriculture a magnifiquement réussi; de grandes étendues de terrain, qui étaient précédemment dénudées d'arbres, sont maintenant couvertes de jeunes et florissantes plantations, et on prévoit que les mines seront toujours un grand marché pour le bois de charpente.

BLOEMHOF

Ce district forme la pointe extrême Sud-Ouest du Transwaal. Il est situé sur la rive Nord de la Vaal River et est contigu aux districts de Lichtenburg et de Potchefstroom au Nord et à l'Est, au British Bechuanaland à l'Ouest, et au Griqualand West au Sud-Ouest. Il est d'une superficie d'environ 3,000 acres, son altitude moyenne est de 4,000 pieds au-dessus du niveau de la mer, et il jouit d'un climat également doux. Le district est formé par une plaine ondulée d'apparence monotone, mais présentant une grande variété de pâturages éminemment adaptée à l'élevage des chevaux et du bétail.

Ce district est arrosé par les rivières Vaal et Groot Harts et l'eau peut y être trouvée généralement à une profondeur de 20 à 50 pieds en creusant des puits. On rencontre fréquemment des sources et beaucoup de fermiers ont établi des réservoirs sur leurs propriétés, mais on ne peut cependant pas dire.que le district soit bien arrosé. Dans les parties élevées, on y fait peu d'agriculture à cause du manque d'eau et il arrive souvent que les fermiers sont obligés de recourir aux provisions d'eau conservée pour abreuver leurs bestiaux. Près des berges des rivières et partout où l'eau peut être obtenue en quantité suffisante pour l'irrigation, le sol donne d'excellentes récoltes de grains, de fruits et de légumes.

Les rives de la Vaal River et beaucoup de parties du district étaient autrefois bien boisées, mais en raison des fortes demandes de bois à brûler pour Kimberley, les arbres ont été coupés sans que l'on ait tenu aucun compte de l'avenir et renouvelé les plantations.

La grande route principale de Kimberley traverse ce district et Christiana, le siège du Landdrost, est à environ 33 milles de « Fourteen Streams, » station de la ligne de Kimberley à Vryburg.

On trouve des diamants dans le voisinage de cette ville et les nouvelles fouilles promettent beaucoup.

Du sel est obtenu en quantité considérable dans les salines non loin de la ville de Blœmhof.

Les QUATRE DOMAINES de la Compagnie, dans ce district, sont situés à l'Est de la ville de Schweizer Renneke et sont admirablement appropriés à l'élevage du bétail.

POTCHEFSTROOM

Ce district, situé dans la partie septentrionale du Transwaal, est borné au Nord par les districts de Rustenburg et de Prétoria, à l'Est par celui de Heidelberg, à l'Ouest par ceux de Lychtenburg et de Blœmhof et au Sud par la Vaal River. Il comprend une superficie d'environ 5,800 milles carrés et a une altitude moyenne d'environ 3,500 pieds. Le pays consiste en de vastes plaines ondulées, séparées par des lignes de rochers et relevées occasionnellement par des montagnes. Les rivières qui coulent à travers ce district sont la Mooi River, sur laquelle est située la ville principale de Potchefstroom, la Loopspruit, la Wonderfonteinloop, la Schoonspruit, qui traverse les villes de Ventersdorp et Klerksdorp, et la Makvassispruit. Toutes ces rivières courent vers le Sud et déversent leurs eaux dans la Vaal River. Il y a aussi de nombreux petits cours d'eau qui pourraient être retenus et utilisés pour l'irrigation. Les rives de la Vaal River sont couvertes de brousse et les fermiers ici sont occupés principalement à la culture du tabac. Ce district est propre à l'agriculture et à l'élevage, et son climat est considéré comme étant exceptionnellement sain toute l'année. La chaleur n'y est jamais excessive et l'hiver y est beaucoup plus doux que sur les hauts plateaux. De grandes quantités de fruits tels que les abricots, les pêches, les poires, les pommes, les figues, les oranges, les citrons, etc., sont cultivés et trouvent un marché dans les différents centres miniers. On cultive aussi le raisin de treille en certaine quantité. Le blé, l'avoine, l'orge, le mealie, les pommes de terre, les haricots, les pois et les légumes de toutes sortes sont cultivés en grande quantité. Dans les plaines découvertes, il y a de bons pâturages et, avec un peu de soin, le bétail, les chevaux et, dans certains endroits, les moutons viennent bien. Sur les plateaux, le springbuck et le blesbuck peuvent encore être rencontrés et le gibier à plumes, tel que les perdrix, les cailles, les korhaan, les paauw et les canards sauvages, est en abondance.

La pluie tombe régulièrement et abondamment.

Autrefois, beaucoup de fermiers de ce district s'occupaient de l'industrie des transports, mais la construction des chemins de fer les a privés de ce moyen d'existence, ce qui est en quelque sorte heureux, car il s'occupent maintenant de leurs fermes d'une manière plus stable et plus sérieuse.

Les champs d'or bien connus de Klerksdorp sont dans ce district et des filons aurifères ont été découverts et exploités dans presque chaque partie. Des gisements de houille existent et sont exploités, sur les bords de la Vaal River près de la station Vereeniging sur le chemin de fer. Une prolongation de la ligne ferrée de Krugersdorp et Klerksdorp *via* Potchefstroom est projetée et on établit actuellement le tracé de la voie.

La Compagnie possède DEUX DOMAINES situés dans la partie Nord-Ouest du district et qui ne sont propres qu'à l'industrie pastorale.

PRÉTORIA

Celui-ci est le district central de la République Sud Africaine et il est entouré des districts de Waterberg au Nord, Middelburg à l'Est, Rustenburg à l'Ouest et Heidelberg et Potchefstroom au Sud. Il couvre une superficie d'environ 6,500 milles carrés, dont les parties Sud et Sud-Est sont « highveld », tandis qu'en descendant vers le Nord, on atteint le « mixedveld» et plus loin encore au Nord, où la brousse devient

plus dense, le pays est connu sous le nom de « bushveld ». L'altitude varie de 5,500 à 2,500 pieds. Ce district est grandement
favorisé par la nature en ce qui concerne le climat et il a une
grande diversité de sol qui varie entre des sables stériles et une
épaisse couche de terre grasse pouvant produire des récoltes
pendant un grand nombre d'années sans le secours d'engrais
artificiels. Il est arrosé par les rivières Crocodile, Aapies,
Pienaar et Elands qui coulent toutes du Nord au Sud dans toute
l'étendue du district et sont alimentées par de nombreux cours
d'eau perpétuels, tels que les Yokeskeyspruit, Henops River
Bronkhorstspruit et autres.

Toutes sortes de grains, de fruits et de légumes sont produits, quoique aucun ne soit cultivé en quantité suffisante pour
constituer une industrie. Le long des berges des rivières Crocodile et Elands, de grandes étendues de terres sont cultivées et,
avec les avantages du sol riche et de l'irrigation, produisent de
grandes quantités de blé, d'orge, d'avoine de bonnes qualités.
Dans certains endroits, la treille vient bien et il y a de splendides
vergers d'orangers et de citronniers. Les fruits à noyau sont
extrêmement bons et abondants. Les arbres pour le bois de
charpente poussent bien et deviennent très rapidement assez
gros pour être employés; le climat et le sol sont tellement
appropriés à l'arboriculture, que cette industrie pourrait avan-
tageusement être entreprise. Sur le plateau supérieur de la
partie Sud-Est du district, les moutons et les chevaux sont élevés
avec succès et le bétail vient merveilleusement bien dans tout
le district. On rencontre sur quelques fermes de grands troupeaux,
mais tous sont hivernés dans le bushveld, ou bas pays, où les
pâturages restent bons et doux et où les abris contre le froid
sont fournis par les arbres au branchage étendu qui y abondent.

Le district de Prétoria est riche en minéraux. Il a été

reconnu que l'or existe dans toute la partie méridionale ; de la plombagine a aussi été trouvée dans ces parages ; l'argent sous forme de galène argentifère a été découvert dans divers endroits entre la ville et la limite Est. Une grande partie du pays est réputée argentifère. Indépendamment de dépôts de plomb argentifère, il existe du plomb dans les parties Nord-Est, et la houille est en grande quantité dans toute la partie Sud-Est du district. A environ 20 milles au Nord de Prétoria, il y a une saline d'où l'on extrait chaque année de grandes quantités de sel.

Un des DOMAINES de la Compagnie est situé dans ces parages et est admirablement approprié à l'agriculture et à l'arboriculture.

Les DEUX autres DOMAINES sont dans le district houiller au Sud-Est et sont situés à une courte distance de la ligne de chemin de fer projetée de Johannesburg à Ermelo.

WAKKERSTROOM

Le district de Wakkerstroom est situé entre ceux de Standerton et Piet Retief, au nord d'Utrecht, et est en partie contigu aux frontières de l'État de Natal et de l'État Libre. Il s'étend environ 70 milles de l'Est à l'Ouest, et environ 50 milles du Nord au Sud. Il forme ce que l'on appelle le *highveld*, son altitude générale variant entre 5,000 et 6,000 pieds au-dessus du niveau de la mer, et le climat y est sain et fortifiant.

Ce district est divisé en parties agricole et pastorale par la chaîne de montagnes, connue dans le pays sous le nom de Randbergen, et qui n'est autre que la chaine Drakensberg. La partie agricole consiste en de grandes et fertiles étendues qui produisent du blé et d'autres céréales, et beaucoup d'espèces de fruits et de légumes. Comme district pastoral, il est favorablement connu, le mouton y est élevé, et la laine de ce district est très estimée sur les marchés coloniaux. Les chevaux et le bétail y sont élevés en nombre considérable, le district étant très sain et les pâturages bons pendant toute l'année. Wakkerstroom abonde en collines, et est abondamment arrosé, mais, sauf dans quelques rares endroits, il n'est pas bien boisé. Une grande amélioration a cependant été apportée à cela dans quelques domaines par la plantation d'arbres qui a bien réussi. Les fermiers sont riches, et beaucoup de fermes sont clôturées.

Des gisements de houille d'un avenir considérable ont été découverts dernièrement, mais il n'y a pour le moment aucun débouché pour leur charbon.

La Compagnie possède SIX DOMAINES dans ce district. Cinq sont sur le versant de la chaîne Randbergen, sur ce que l'on peut appeler un second plateau, et le sixième, Uitzicht, est situé sur les plus basses pentes de la Berg. Tous ces domaines ont d'excellents pâturages, et sont abondamment pourvus d'eau.

Le district de Wakkerstroom sera le premier à profiter de la connexion du Transvaal avec l'État de Natal, la ligne projetée de Charlestown à Johannesburg passant par le cœur de ce district.

ERMELO

Le district Ermelo est borné au Nord par le Lydenburg, au Sud par le Wakkerstroom, à l'Est par le Swazieland, à l'Ouest et au Nord-Ouest par Standerton et Middelburg. Sa superficie est d'environ 3,700 milles carrés. C'est un district essentiellement pastoral, et l'on y prête peu d'attention à l'agriculture. Il y a cependant dans la division de Roburnia quelques fermes sur lesquelles on obtient des récoltes, mais les quantités produites sont, dans la plupart des cas, simplement suffisantes pour les besoins des producteurs.

Sur le haut plateau de la Drakensberg, les fermiers préfèrent les travaux de l'élevage du mouton et des chevaux, qui sont comparativement moins durs et qui sont très rémunérateurs.

La ville d'Amsterdam, dans laquelle la Compagnie possède treize Erven, est située dans la section de Roburnia sur le versant de la Drakensberg, à environ 12 milles de la limite du Swazieland et à environ 38 milles de la rivière Usutu, où l'on a découvert dernièrement de l'étain. Cette ville est bien pourvue d'eau; sa situation est saine, et elle est appelée à devenir le centre d'un riche district agricole.

On sait que le district d'Ermelo contient d'importants gisements de houille qui, dans certains endroits, est d'excellente qualité, mais presque aucune tentative n'a encore été faite pour les mettre à jour, parce qu'il n'y a, dans les conditions actuelles, aucun débouché pour ce produit.

Le projet de relier le district à Johannesburg par une voie ferrée a déjà été étudié ; dans le cas où il serait réalisé, les richesses naturelles du district seraient rapidement développées et un excellent marché pour le bétail et les chevaux serait ainsi obtenu.

STANDERTON

Le district de Standerton est un vaste plateau ondulé d'environ 3,000 milles carrés de superficie et ayant une altitude d'environ 5,000 pieds au-dessus du niveau de la mer ; il est arrosé et divisé en deux parties presque égales par la Vaal River. A cause de sa situation élevée, ce district est très sain et le climat y est tempéré et fortifiant en été et très froid en hiver.

Standerton est le district pastoral par excellence du Transwaal et l'un des meilleurs de l'Afrique du Sud. Le bétail, les chevaux et les moutons y viennent bien et la laine qu'il produit est d'une qualité excellente. L'élevage des chevaux y est pratiqué sur une plus grande échelle que partout ailleurs dans le pays. L'eau est en abondance, des cours d'eau tels que les Vaal River, Waterval, Klip River et leurs nombreux affluents traversant ce district.

Le sol n'est en réalité pas bon ; mais avec des engrais, il produit de bonnes récoltes de blé, d'avoine, d'orge, etc. Ce district est d'ailleurs entièrement pastoral et si bien approprié à l'élevage des chevaux, du bétail et des moutons qu'on n'y entreprend guère autre chose.

Les grands gisemens de houille du Transwaal semblent se continuer à très peu de profondeur sous la plus grande partie de ce district ; mais, ici comme dans les autres régions, le manque d'un débouché influe contre l'exploitation de cette fortune minérale qui sans doute est très grande.

La Compagnie possède QUATRE magnifiques DOMAINES à proximité de la principale route charretière de Natal à Johannesburg. Le tracé de prolongement du chemin de fer de Natal (*prolongement de la ligne de Charlestown*) est terminé et la ligne traversera les domaines de la Compagnie et augmentera considérablement leur valeur.

LICHTENBURG

Le district de Lichtenburg est un vaste plateau sans arbres, parsemé de rochers et de petites collines. Son altitude varie de 4,000 à 5,000 pieds environ au-dessus du niveau de la mer, et sa superficie est d'environ 5,300 milles carrés. Ce district est peu peuplé. Il y a par ci par là quelques habitations aux alentours desquelles les champs sont cultivés, mais jamais en grande étendue. Le mealie forme la principale récolte, mais le blé, l'avoine et l'orge sont aussi cultivés. Le pays est approprié à l'élevage du bétail et, dans certaines parties, quand les pâturages ont été préparés, le mouton y vient bien. La seule rivière importante est la Harts qui prend sa source près de la ville de Lichtenburg et se déverse dans la Vaal River.

Cinq domaines appartenant à la Compagnie sont situés sur ou près des rives de ce cours d'eau et contiennent une grande étendue de riches terres arables, facilement labourables et propres à la culture de toutes espèces de céréales. Les cinq autres domaines sont situés à une altitude plus élevée et ne sont bons que pour l'élevage du bétail et des montons.

Le district est en réalité dépourvu d'arbres indigènes, mais la plantation d'arbres pourrait y être entreprise avec succès, car différentes espèces d'arbres étrangers y viennent bien et poussent ici, comme dans presque tout le Transwaal, avec une merveilleuse rapidité.

La pluie y tombe régulièrement ; mais, sauf cela, le district est dépourvu d'eau, les cours d'eau étant peu nombreux et aucune tentative n'ayant été faite pour conserver des approvisionnements d'eau.

Des recherches ont été faites pour trouver des diamants et les renseignements à ce sujet semblent être favorables, mais aucun résultat bien défini n'a jusqu'ici été obtenu.

OBSERVATIONS GÉNÉRALES

Les conditions naturelles relatives à l'agriculture dans les différents districts, dans lesquels la Compagnie possède des domaines, sont exposées dans le rapport qui précède. Avant de terminer, il est utile de traiter, d'une manière plus précise que je ne l'ai fait, certains autres points tels que la main-d'œuvre, les transports, les débouchés et la grande question des mines qui intéressent, d'une manière directe ou indirecte, aussi bien les fermiers que la Compagnie.

MAIN-D'ŒUVRE

La main-d'œuvre employée par les fermiers est indigène et presque tous les domaines de la Compagnie ont l'avantage d'être à peu de distance des centres qui la fournissent. La masse de l'importante population indigène de l'Etat est confinée dans quelques réserves ou localités bien déterminées, sous le contrôle du Gouvernement, mais il est tenu compte des besoins raisonnables des fermiers par des règlements qui accordent un certain nombre de familles indigènes à chaque ferme. La main-d'œuvre dont on peut avoir besoin en plus de cela peut être obtenue dans les susdites localités.

CHEMINS DE FER

La carte jointe à ce rapport indique les diverses lignes de Chemins de fer et montre, d'un seul coup d'œil, les avantages qui résulteront, pour la Compagnie et pour ses locataires, de la politique actuelle qui pousse au développement des chemins de fer. Une des stations de la ligne de Delagoa Bay à Prétoria a été construite sur le domaine Alkmaar. Comme cet endroit est le point de la ligne le plus proche des champs aurifères de Spitz Kop, Pilgrim's Rest et Mac Mac, une ville s'y formera probablement et pourra prendre une certaine importance.

Près du centre houiller de Middelburg, la même ligne sépare deux autres domaines de la Compagnie — Hartogshoop et Hartogshof; chacun de ces domaines contient d'importants gisements de houille et, sur le premier, une station est actuellement en voie de construction.

La ligne de Natal traverse plusieurs des domaines de Standerton et passe à proximité de divers autres.

Les lignes de Selati et de Prétoria à Pietersburg offriront un débouché à un grand nombre de domaines de la Compagnie, car elles traversent certains d'entre eux et passent près de beaucoup d'autres. Chacune de ces lignes ouvrira les grands districts aurifères du Nord du Transwaal où les recherches ne sont pas encore commencées.

Les lignes déjà existantes et celles projetées formeront un total de 1,200 milles.

AVENIR MINIER

L'industrie minière qui domine tous les marchés au Transwaal prend un développement de proportions considérables et le tableau ci-annexé, établi d'après les statistiques officielles, donne une juste idée de sa situation.

La Compagnie possède des domaines dans, et près de plusieurs districts miniers connus. Le domaine Holfontein, près de Johannesburg, est situé dans la ligne directe de la série du Main Reef et des couches de minerai y ont déjà été découvertes. Dans le Waterberg, neuf des domaines de la Compagnie sont situés à l'intérieur de la ceinture aurifère bien connue. Des filons ont été découverts sur le domaine de Welkom dans le Lydenburg et il existe de grandes facilités pour leur développement. Dans le Middelburg, plusieurs domaines de la Compagnie contiennent du charbon.

Indépendamment des minéraux ci-dessus, il est probable que les minerais de fer de Middelburg, de Zoutpansberg et de Waterberg seront exploités d'ici quelques années, tandis que les dépôts d'étain récemment découverts sur les frontières du Swazieland et du Transwaal amèneront, dans un avenir plus proche, une augmentation de la richesse de l'État.

TENDANCE DE LA POPULATION

L'augmentation de la population dans le Transwaal a été relativement grande pendant les six dernières années, mais si l'on considère qu'environ les deux tiers de cette augmentation sont localisés dans la région du Witwatersrand, on reconnaît que les autres parties ne jouissent pas encore de la considération à laquelle elles ont droit. Il est évident que la population actuelle est tout à fait insuffisante pour l'exploitation même seulement des régions minières qui sont très connues et il y a dans beaucoup de parties du Transwaal des apparences minières qui, en Amérique ou en Australie, attireraient des milliers de chercheurs, mais qui ici restent inexploitées et sont détenues par seulement un petit nombre de personnes.

PRODUCTION ET CONSOMMATION

Ainsi qu'il a été dit plus haut, le but de la population immigrante a été le Rand et le Rand a absorbé et, sauf une ou deux périodes d'arrêt, a continué régulièrement à absorber et à employer la masse de cette augmentation. Le résultat est que la population agricole du pays, dont dépend une population dont le nombre a doublé, est la même que celle qui approvisionnait les marchés avant que les champs aurifères aient amené la prospérité de l'État. Ces fermiers possèdent des domaines acquis principalement par le seul fait de l'occupation et ils ne produisent que la quantité nécessaire à leurs propres besoins et pour se procurer les choses utiles qu'ils ne peuvent produire eux-mêmes. On a dit des Bœrs, et cela non sans raison, que lorsque les prix des produits augmentent ils n'y voient qu'un moyen de gagner la même somme avec moins de travail et ils diminuent leurs travaux d'autant. Le résultat ridicule mais très naturel de cela est que le bétail, les chevaux, les moutons, les fruits et toutes sortes de produits sont pour la plupart importés des pays voisins, et cela dans un pays qui est probablement sans égal comme champ d'action pour les immigrants agriculteurs, dans un pays où l'agriculture a donné de bons résultats chaque fois qu'on l'a entreprise.

C'est un fait notoire que, dans quelques-unes des parties les plus fertiles du pays, les fermiers ne produisent absolument rien pour les marchés et préfèrent faire le service de voiturier ou bien transporter quelques chargements de bois pour se procurer les fonds nécessaires à l'achat des vêtements, du sucre, du café et autres petites choses qui leur sont utiles.

LE MANQUE D'AGRICULTEURS

Tant que l'immigration sera entièrement de la même classe que celle qui est venue jusqu'ici, les choses resteront dans les mêmes conditions qu'actuellement. Ce qui fait peut-être le plus défaut est une population de petits fermiers, pour faire concurrence et ramener au travail les producteurs dillettanti actuels, et pour approvisionner les marchés qui dépendent actuellement de l'importation.

Dans le seul district de Zoutpansberg, qui est aussi grand que la moitié de l'Angleterre avec le pays de Galles, il y a place pour une population plus forte que toute la population actuelle du Transwaal. Il est vrai que l'industrie minière des districts voisins a souffert du manque de travailleurs, mais cette population — population de consommateurs — arrive chaque jour par petites quantités, et se répartira sans aucun doute, suivant les besoins, dans les différentes sections. Cela revient à dire que la population de consommateurs — si utile qu'elle soit pour les mines — augmente et cependant, sauf dans le voisinage immédiat de Johannesburg où les entreprises agricoles et maraîchères ont fait quelque progrès, il n'y a pas une augmentation correspondante des producteurs. Il n'est fait aucun effort pour contrebalancer l'augmentation constante des consommateurs, sans parler de diminuer l'énorme différence qui existe déjà.

Je suis, Messieurs, votre serviteur.

THÉO. MENNÉ.

Inspecteur de la Transwaal Consolidated Land
and Exploration Company, Limited.

Prétoria, le 17 Mars 1894.

NOTE

(Voir page 36)

Sur la publication de ce Rapport, la lettre suivante parut lans le journal *the Star*, de Johannesburg :

LA SALUBRITÉ DE ZOUTPANSBERG

MONSIEUR L'ÉDITEUR DE *The Star*,

Dans la partie dédiée au Zoutpansberg de l'intéressant rapport de 4. F. Menné sur l'avenir de la Consolidated Land and Exploration Company, Limited, je remarque le paragraphe suivant : « En ce qui concerne a salubrité, on peut dire que bien que les fièvres malignes y existent, e n'est que d'une manière si faible que moyennant quelques soins, lles ne sont pas dangereuses, et, en somme, le district s'est montré ertainement beaucoup plus sain pendant la saison des pluies, que la lupart des autres endroits de même altitude ». Un lecteur casuel ourrait déduire de cela que la totalité du district est malsain, et comme e suis certain qu'il n'est pas dans l'intention de M. Menné de faire croire ela, veuillez me permettre de déclarer que la moitié du district de Zoutpansberg est aussi saine que Johannesburg ; l'autre moitié qui onstitue en réalité le *bushveld*, est certainement malsaine.

Je suis, Monsieur, etc.

G. G. MUNNIK.

Landdrost of Zoutpansberg.

Je n'ai certainement pas eu l'intention de faire supposer que tout le Zoutpansberg est insalubre, même très peu, quoique le passage cité par M. Munnik puisse donner cette impression. Les passages relatifs à la salubrité dans les diverses sections, et les altitudes et caractéristiques que j'ai cités, donnent une preuve de mon opinion. Il paraîtrait superflu de confirmer l'opinion d'une si grande autorité que M. Munnik, mais je puis cependant déclarer nettement que la partie supérieure de Zoutpansberg est proverbialement saine. — F. M.

ANNEXE

Grâce à la courtoisie du Dr Brock, je puis donner le tableau suivant des températures moyennes et extrêmes et des chutes de pluie, dans le voisinage de Rustenburg, pendant les 12 mois d'Avril 1890 à Mars 1891 :

| MOIS | TEMPÉRATURE Thermomètre Fahrenheit | | | | | HUMIDITÉ moyenne de l'air — Saturation 100 | PLUIE | |
	Moyenne mensuelle	Moyenne journalière maximum	Moyenne journalière minimum	Plus haute du mois	Plus basse du mois		NOMBRE de jours	QUANTITÉ tombée en pouces
Avril 1890..	62,4	74,3	50,6	85,4	39,6	64	9	2,22
Mai — ..	55,6	69,8	42,9	76,0	32,0	60	5	1,02
Juin — ..	56,1	70,3	41,5	77,6	36,9	66	3	0,11
Juillet — ..	54,3	69,9	39.3	77,4	28,0	56	0	0,00
Août — ..	61,5	76,8	47,0	91,3	39,1	53	2	0,06
Septembre — ..	66,6	83,6	50,2	92,0	39,8	49	0	0,00
Octobre — ..	65,4	76,9	53,9	91,2	40,3	60	12	3,40
Novembre — ..	69,8	82,3	58,5	93,0	50,0	60	10	3,80
Décembre — ..	71,7	84,5	60,8	93,8	54,4	62	13	4,16
Janvier 1891..	71,0	80.0	62,6	88,5	56,3	68	19	11,26
Février — ..	71,7	82,2	63,0	88,9	54,8	73	13	7,33
Mars — ..	67,4	77,1	59,5	93,1	52,9	84	15	8,86
Moyenne des 12 mois	64,5					63	101	42,22

Hauteur moyenne du baromètre ramené à 32° F. = 26,212.

Je dois aussi les renseignements suivants à M. Van Noorden, de Rustenberg : Pendant l'année 1891, la pluie est tombée 85 jours, et en 1892, 70 jours. La température moyenne pour les 6 mois d'Avril à Septembre 1891 a été 60°,5 ; pour les 6 mois d'Octobre 1891 à Mars 1892, 78°,0 ; pour les 6 mois d'Avril à Septembre 1892 de 59°,8, et pour les 3 mois d'Octobre à Décembre 1892, 79°,0. (Thermomètre Fahrenheit.)

A Prétoria, la quantité de pluie tombée en 1892 a été de 22,57 pouces et en 1893 de 39,50 pouces, pour 95 jours de pluie, et la température moyenne a été de 65°,4 Fahrenheit.

A Barberton, les chutes de pluie pendant les 4 dernières années ont été, d'après l'Annuaire de Dekaap, comme suit :

MOIS	1890	1891	1892	1893
Janvier	3,885	8,720	2,585	11,900
Février	9,815	2,490	2,545	2,920
Mars.	1,440	2,705	4,585	1,850
Avril	2,755	3,345	0,235	3,430
Mai.	1,890	1,795	2,925	0,540
Juin.	0,050	0,545	0,000	0,000
Juillet.	0,390	0,000	0,000	1,050
Août	0,000	1,170	0,090	1,270
Septembre.	0,225	0,000	0,000	6,140
Octobre	4,220	1,160	1,150	3,330
Novembre	4,585	7,225	5,655	5,380
Décembre	5,885	4,300	4,750	8,433
TOTAUX	35,140	33,505	24,520	46,040

L'altitude de Barberton est 2,825 pieds au-dessus de la mer.

Le tableau suivant est un résumé, dont on m'a aimablement permis de faire usage, des chutes de pluie à Johannesburg, d'Octobre 1891 à Août 1893 :

MOIS	1891		1892		1893	
	jours	pouces	jours	pouces	jours	pouces
Janvier.			17	6,61	19	13,30
Février.			11	5,11	9	11,50
Mars.			12	3,83	10	2,92
Avril.			4	1,41	4	0,73
Mai.	63	31,45	5	1,09	1	0,02
Juin			1	0,09	1	0,07
Juillet			0	0,00	2	0,15
Août			0	0,00	1	0,06
Septembre			9	2,03		
Octobre.	8	1,44	13	3,68		
Novembre.	13	2,32	10	2,20		
Décembre.	15	5,64	12	1,49		
Totaux	99	40,85	94	27,54	47	28,75
					pour 8 mois	

L'altitude de Johannesburg est environ 5,600 pieds au-dessus du niveau de la mer, et la température pendant les mois d'été est environ 70° Fahrenheit, tandis que, l'hiver, elle est environ 53°.

On remarquera par les statistiques qui précèdent, que la chaleur n'est à aucune période de l'année trop excessive pour que les Européens puissent être employés aux travaux en plein air.

INDUSTRIE MINIÈRE

PRODUCTION D'OR

	1892		1893	
	Ozs.	Dwts.	Ozs.	Dwts.
Witwatersrand	1.210.868	16	1.478.477	3
De Kaap	63.125	3	67.497	7
Lydenburg	24.092	2	29.329	0
Klein Letaba	14.693	16	6.587	17
Zoutpansberg	1.504	2	2.296	13
Klerksdorp et Potchefstroom . .	8.967	17	24.407	0
Malmani	2.060	19	1.719	8
Vryheid	81	10	21	10
Totaux	1.325.394	05	1.610.335	18

Une seule mine d'argent a, jusqu'à présent, donné du métal. En 1892, le rendement en a été d'une valeur de £ 25,000. Actuellement, le rendement mensuel est d'une valeur d'environ £ 6,000.

Les chiffres de la production de la houille pour 1893 sont encore incomplets. La production de trois Compagnies donne un total de 320,718 tonnes. Une mine donne à elle seule une augmentation de 51,000 tonnes sur la production en 1892.

5866. — Paris. — Imprimerie Vᵉ Éthiou Péron, rue de Damiette, 2 et 4.

www.ingramcontent.com/pod-product-compliance
Lightning Source LLC
Chambersburg PA
CBHW060815180626
46818CB00002B/826